AF296588

DIALOGUE

EN VERS,

POUR CÉLÉBRER NOS VICTOIRES

ET LA PAIX;

SUIVI D'UN DIVERTISSEMENT EN MUSIQUE ET DANSES.

PAR S. P. MÉRARD-SAINT-JUST.

Ille ego, qui quondam...; sed nunc horrentia Martis
Arma VIRUMQUE cano.

Je chantais autrefois les combats de Cythère;
Aujourd'hui je célèbre et MARS et son tonnerre.

SECONDE ÉDITION.

———

A PARIS,

Chez l'AUTEUR, rue Helvétius, N.o 605.

~~~~~~~~~~~~~~~~~~~~~~~~

FRIMAIRE, AN VIII.
~~~~~~~~~~~~~~~~~~~~~~~~

A

BONAPARTE L'ITALIQUE.

3 Brumaire, an VI.

Citoyen Général,

Je suis infirme de corps : l'infirmité est pire que la vieillesse, quand il s'agit de combattre les ennemis de la patrie. Mais mon âme est toujours active ; elle rajeunit au récit de tes victoires ; et, comme tu le prouves si bien, c'est par

a ij

l'âme qu'on existe sur-tout. Je vis pour t'admirer, pour partager vivement, avec la France, la joie qu'inspire l'heureuse Paix due à ton génie militaire, à ton sublime courage, à la valeur indomptable des guerriers que tu as l'honneur de commander, et qu'un si illustre chef conduira victorieux par-tout où il voudra les mener.

J'ai payé, le mieux que j'ai pu, à la république, à toi, à mes frères d'armes, dans le mélodrame que je t'adresse, la dette que j'ai contractée envers l'état, comme citoyen et comme ami des Muses. Ces vierges célestes me consolent depuis long-tems dans mes afflictions. Elles ont bien droit aujourd'hui à ma reconnaissance : elles m'ont aidé à parer du charme des vers l'hommage que je présente avec respect et confiance au héros bienfaiteur de la grande nation, au pacificateur du congrès de Rastadt.

Salut et Fraternité.

S. P. M. St.-J.

N. B. Je n'ai envoyé ni lettre, ni même un exemplaire du dialogue suivant, au général Bonaparté, parce que ce petit poëme, le premier composé pour célébrer la Paix et nos victoires, a été imprimé trop tard, quoique livré le 3 brumaire, an VI, à l'imprimeur, remis et soumis au directeur François, (de Neuf-Château), en le priant de le faire mettre en musique ; ce qu'il n'a pas jugé à-propos d'ordonner. Les éloges justement mérités par le vainqueur de l'Autriche, en Italie, et renfermés dans ce dialogue, cessaient d'avoir quelque prix, cent mille grimauds rimailleurs ayant répété, jusqu'à la satiété , tout ce qui , peut-être , aurait eu quelque droit de plaire au citoyen à qui ces vers sont adressés, s'ils lui fussent parvenus à l'instant où il aurait pu les recevoir pour lui être agréables. Ce qui eût été un hommage alors , serait devenu, trois mois après , une plate flagornerie , et je n'ai jamais flagorné personne.

DIALOGUE

EN VERS.

Non mortale loquar. Rediit pax.. Aureus, ô te,
Te, sol ô laudande, canam, Bonaparte recepto!

M. St-J.

Je te célébrerai, douce Paix, ô beau jour,
Qui de BONAPARTÉ verra l'heureux retour!

PROLOGUE.

LE POETE.

Je dis un jour : oui, j'en fais la promesse ;
    J'en jure le dieu du Permesse !
Quand, vainqueurs en tous lieux, rendus dans leurs
    foyers,
Les Français quitteront leurs redoutables armes,
    Mon luth, orné de branches de palmiers,
Célébrera la Paix, ses faveurs et ses charmes.
    Que l'univers apprenne par ma voix
Que la France est par-tout libre et victorieuse.
    Lyre guerrière, ô lyre harmonieuse,
    Résonne aujourd'hui sous mes doigts !

4

Ainsi que le soleil, entrant dans la carrière,
Et dardant ses rayons, ses faisceaux de lumière,
Fait à la sombre nuit succéder la clarté;
De même que mes chants, bannissant toute haine,
Unissent Vienne et Rome, et Londres et la Seine,
Par l'éternel lien de la fraternité.

Loin d'ici! fuyez tous, ennemis de la France,
Anarchistes cruels, brigands, hommes pervers!
    Vous, citoyens, faites silence:
A célébrer la Paix je consacre ces vers.

Grand Dieu! dont la parole enfante les orages,
Toi qui, le seul puissant, marches sur les nuages,
Commandes à la foudre, et lui dis d'éclater,
Fais naître les tyrans pour châtier la terre,
Donnes, comme tu veux, ou la Paix ou la guerre;
Grand Dieu! c'est toi, d'abord, que l'homme doit
      chanter.
    Reçois donc notre juste hommage.
    Que tes bienfaits sont infinis!
    C'est toi qui confondis la rage
Des rois coalisés, rassemblés à Pilnitz.
    Leur colère en vain se déchaîne:
Tu permis qu'aveuglés par leur injuste haine,
Ils se livrassent tous à cet esprit d'erreur,
De leur abaissement heureux avant-coureur.

    Ils avaient juré notre perte;
Leurs barbares complots sont retombés sur eux:
La France, à les entendre, allait être déserte;
La France ensevelit leurs bataillons nombreux.

Leurs guerriers se sont vus, aux plaines de Champagne,
    Par la victoire abandonnés;
Et leurs corps mutilés ont couvert la campagne
Qu'aux jours de la récolte ils devaient moissonner.
    Dans les champs vierges de Gemmappe, (1)
    Champs jusqu'alors dans l'histoire inconnus,
        La mort les atteint et les frappe;
        Ils sont honteusement vaincus.
Chefs et soldats pourtant, favoris de la gloire,
S'étaient rendus fameux par vingt ans de succès:
Ils fesaient tout trembler, hors le soldat Français,
Qui, jeune, et même enfant, est vieux pour la victoire.

    Ils sont tous Mars sous les drapeaux.
Eh! quel Français pourrait, sans se noircir d'un crime,
Refuser son secours à l'état qu'on opprime?
Les jours de ses besoins sont les jours des héros;
C'est alors que l'honneur, véritable noblesse,
Fait sortir les vertus des ombres du repos,
    Change en courage la molesse.
L'ange exterminateur descend avec vîtesse
De l'Olympe, où Dieu même a forgé ses carreaux:
De la destruction, dans sa main vangeresse,
    Il tient les dévorans flambeaux.
    Ciel! quelle main, par le crime enhardie,
Allume dans l'Europe un affreux incendie?

Huit rois, ensemble unis, de Bellone et de Mars
    Ont déployé les étendarts.
Des bords de la Tamise aux rives de la Sprée,

______

(1) Il faut entendre où il ne s'était jamais livré de combats.

De la Seine au Danube, et de Naple à Madrid,
Quelle riche moisson par le feu dévorée !
    O que de lamentables cris !
    De la sensible et faible amante,
    De l'épouse tendre et mourante,
    J'entends, je vois le désespoir :
Le marchand du Texel, le pontife du Tibre,
Unis et divisés, forcent le Français libre
A leur faire sentir le poids de son pouvoir.
    Multipliez les horreurs du carnage,
    Bombes, canons, tubes d'airain ;
    Dans le sang que la terreur nage.
Des Vandales nouveaux l'exécrable dessein
    Est d'asservir le genre humain,
Est de nous enchaîner pour assouvir leur rage ;
    Mais la mort sera leur partage :
Les revers, des Français retrempent la valeur :
Les beaux jours des héros, sont les jours du malheur.
    L'Océan de vaisseaux se couvre.
Neptune, crie YORCK, qu'ici ton sein s'entr'ouvre
    Pour engloutir le nom français !
Neptune n'entend point cette horrible prière :
    Yorck, l'amour et l'espoir des Anglais,
Déjà leur annonçait notre défaite entière ;
Joyeuse leur dispute un long tems leurs succès,
Et Neptune admira notre valeur guerrière.

Intrépide VENGEUR (1), tu seras immortel !

----

(1) Vaisseau de l'escadre.

La nation reconnaissante
T'assure, en son histoire, une place éclatante :
  Et toi, généreux VANSTABEL,
  Héros au rang des plus sublimes,
Ton nom doit aujourd'hui trouver place en mes rimes.
C'est en te combattant, que, vrai, pour une fois,
  Un des satellites des rois
Répète : Les Français sont tout cœur, sont tout ame ;
Et m'arrachent, GODDEM ! cet honorable aveu :
On dirait des cailloux qui recèlent la flamme ;
Plus on les frappe, et plus il en jaillit de feu.

Mais quittons Ouessant. Les champs de la Belgique
M'appellent de nouveau pour cueillir des lauriers :
Brabançons, réunis à nos vaillans guerriers,
Devenez citoyens de notre république.
Bruxelle est déjà pris ; mais Condé, le Quesnoy.....
L'étranger dans la France ose donner la loi !
Et nous l'avons souffert ! quel tourment ! quelle
      honte !........
  Ah ! que du moins la vengeance en soit prompte !

Tremble, maison d'Habspourg ! ton règne va finir.
    Soldats de l'orgueilleuse Vienne,
    Si vous ne rendez Valenciènne,
Notre ordre est proclamé ; la mort va vous punir.
Les droits de l'homme libre ont trouvé Dieu propice :
La victoire est pour nous, ainsi que la justice.
Les tyrans sont défaits, et pour les étouffer
Sans relâche, Français, soyez à leur poursuite :
    S'ils ont des ailes pour la fuite,
    Vous en avez pour triompher.

a

Les plaines de Fleurus ont vu notre courage,
   Notre triomphe belliqueux.
Nos ennemis sont morts dans l'effroi, dans la rage,
   En nous trouvant plus vaillans qu'eux.
Qu'il est grand, Pichegru! quel vaillant capitaine
   Dans les champs hérissés de fer!
   Comme on voyait éclater dans son air
Sa sublime valeur toute républicaine,
Et contre les tyrans, son immortelle haine!
   Nous vaincrons toujours avec lui :
Sans jamais craindre rien, par-tout il se fait craindre;
   Tant qu'il sera notre chef, notre appui,
   Jamais la peur ne pourra nous atteindre.

Mais j'entends le tambour: allons, il faut marcher;
   Que de nos mains parte la foudre!
Eh! quel pouvoir humain pourrait nous empêcher
De prendre Charleroi, de le réduire en poudre?

Bravons du Sirius les extrêmes chaleurs;
Nous avons, pour aller au temple de la gloire,
   Le char ailé de la victoire:
Le chemin est pour nous semé, couvert de fleurs.
Rien ne doit ralentir notre intrépide audace :
Un triomphe nouveau doucement nous délasse.

Aux combats meurtriers succèdent les assauts,
   Aux escalades les batailles,
   Et Mars, par-tout, sourit à nos travaux :
Nous battons l'ennemi ; nous forçons ses murailles.
   Camarades, point de repos.
Le mot de liberté, placé sur nos drapeaux,

Qui dans nos cœurs si doucement résonne ,
    Nous appelle aux portes de Mons.
    C'est là que nous attend Bellonne :
Regardez dans ses mains les lauriers , la couronne
    Dont elle veut ceindre vos fronts.

O France ! que tu sors grande , majestueuse
Des plus rudes assauts , de tes nombréux malheurs !
    Que dans la nuit silencieuse
    J'ai sur toi répandu de pleurs !
    Grand Dieu , disais-je , Être-Suprême ,
    Objet de ton amour extrême ,
    La France ne saurait périr :
Eh ! que peuvent sans toi cent têtes couronnées ?
    Dans ta sagesse condamnées ,
Comme les fleurs des champs , je les verrai mourir.

La superstition , quittant le Capitole ,
Se fait accompagner de la stérilité ;
Sur son habit de prêtre elle croise l'étole :
Un rosaire à la main , un poignard au côté ,
De Bayonne à Colmar , de Cherbourg à Brignole ,
Elle veut affamer la France qu'elle immole
    Au nom de la divinité ;
    Mais le Dieu de bonté
    A la fécondité
    Adresse la parole.
    Il lui dit : O ma fille aînée !
    Ne tarde pas , verse tes dons ;
Laboure les guérets : vas , couronne l'année
Et de tes gerbes d'or , et des autres moissons.

Dieu dit, et la terre se pare
De tous les trésors de Cérès.
En vain l'accapareur barbare
Médite ses affreux projets.
Au printems, la rosée et les douces haleines
Des Zéphirs bienfaisans,
Font germer les heureux présens
Confiés aux côteaux, aux vallons, à nos plaines.
Où pourra-t-on serrer les richesses des champs ?
La cabane de l'indigence,
En dépit des méchans,
Se change en grenier d'abondance.
Pour être, et rester libre, ô Français, n'as-tu pas
Du pain, de l'eau, du fer, tes bras,
Et ton indomptable vaillance ?
Mais c'est à vous, guerriers, à parler des combats,
A vanter les exploits de tous vos frères d'armes.
Et vous, jeunes beautés, qui versâtes des larmes
Sur vos parens chéris, fiers et vaillans soldats,
Qu'à votre tendre amour a ravi le trépas,
Sur le front des vainqueurs vous mettrez la couronne
Qu'en ce jour triomphal la nation leur donne.
Que Vénus et les ris, à l'autel de la Paix,
Que tous les arts unis célèbrent ses bienfaits.

LE CHŒUR GÉNÉRAL.

Chantons tous, célébrons la Paix :
Elle est l'objet constant de nos ardens souhaits.

UN GUERRIER DE L'ARMÉE DU NORD.

Prodiges éclatans, à jamais mémorables,
Et que, sans quelqu'effroi, n'apprend pas Jupiter !
D'escalader le ciel les Français sont capables :
Ils détrônent le dieu qui règne sur la mer.
Ils veulent, et soudain ils forcent tous obstacles :
Leurs plus simples exploits sont autant de miracles,
Dont sont épouvantés leurs plus dignes rivaux.
La vérité fidelle, en écrivant l'histoire,
Osera-t-elle dire, ou fera-t-elle croire
    Qu'une flotte de vingt vaisseaux
    A l'ancre dans les ports bataves,
Se rend à Pichegru qui commandait nos braves,
    Navigateurs nouveaux,
    Montés sur des chevaux ?

UN GUERRIER DE L'ARMÉE DU RHIN.

Combien de fois le Rhin, vaincu sur ses deux rives,
Et non moins effrayé que ses nymphes captives,
S'est-il, à notre aspect, caché sous ses roseaux !

UN GUERRIER DE L'ARMÉE DE LA VENDÉE.

Malheureux habitans de la triste Vendée,
Votre sang devait-il arroser nos lauriers ?
    Notre valeur, contre vous commandée,
Versait des pleurs cruels, en frappant vos guerriers.

UN GUERRIER DE L'ARMÉE D'ESPAGNE.

Cité de Perpignan, vignobles de Couilloure,
Vous vîtes de Madrid les vainqueurs étendarts;

Mais, forcé par notre bravoure,
L'Espagnol recula jusques dans ses remparts.
Chez lui nous reportâmes
La tristesse et l'effroi ;
A la Paix nous forçâmes
Ses ministres, son roi.
Postes de Rosas, de Figuière,
Que défendaient mille bouches d'airain,
Attestez à jamais notre valeur guerrière,
Qu'on ne provoque pas en vain.
Salariant Lisbonne et Naple, et Rome et Vienne,
Dominateurs des mers, l'insulaire Breton,
Se rend, l'or à la main, maître de Valencienne,
Et dans Toulon surpris entre par trahison ;
Mais puissans de notre courage,
Par la juste vengeance appelés au carnage,
Le glaive, des Anglais nous fait bientôt raison.

UN GUERRIER DE L'ARMÉE D'ITALIE.

Il nous restait à vaincre en Italie.
Un Corse, devenu notre concitoyen,
Notre frère, notre soutien,
Nous ouvre l'antique Ausonie.
Emule d'Annibal, l'étendard tricolor
Flotte, planté de ses mains triomphantes,
Sur le sommet des Alpes menaçantes :
Rien ne peut l'arrêter. Prudent comme Nestor,
Et non moins courageux que le vainqueur d'Hector,
Mûrement il projette, en héros exécute.

Malheur à tous les potentats ,
A l'allié perfide , ainsi qu'à tous états
   Dont il a prononcé la chûte !
O conquérant, plus sage encore que hardi ,
   Souffre , permets que jé te loue !
Et ne suffit-il pas de rappeler Lodi ,
   Pitsigtone , Arcole , Mantoue ,
Pour te mettre à côte d'Alexandre et César,
   Pour te faire asseoir sur le char
   Où nos trois plus grands capitaines
Furent conduits par Mars à l'immortalité ?
   Nommer Condé , Catinat et Turènes ,
C'est nommer tes rivaux , jeune Bonaparté !
Des rives de l'Escaut aux rochers de Pyrène ,
   Et du Var au hàvre d'Harfleur ,
   Grace à ta sublime valeur,
On respecte , en tous lieux , la France souveraine.

UN AUTRE GUERRIER DE L'ARMÉE D'ITALIE.

Roi des fleuves d'Europe , ô superbe Eridan !
Et toi , fier de couler aux murs du Vatican;
Et toi , Danube , uni par un pacte à la Sprée ,
Il vous a tous soumis. Que Venise et Milan ,
Que Gêne et ses palais redoutent son épée.

UN AUTRE GUERRIER DE LA MÊME ARMÉE.

Armé , mais pour la Paix , son bras vient d'étouffer
Les reptiles sifflans au front de la Gorgonne.
Tu fatiguas la gloire , et las de triompher ,

Tu veux qu'aux noirs enfers on renchaîne Bellonne.
D'un éclat immortel la France resplendit.
Reconnaissante et juste, entends-la qui te dit:
Vainqueur de Partenope et de Vienne et de Rome,
Pour prix de tes hauts faits mène encor sur tes pas
Au palais de Windsor, tes frères, mes soldats:
L'heureuse France ainsi récompense un grand homme.

CORYPHÉE NON GUERRIER.

Bien servir ton pays est ton ambition.
  La victoire encor te rappelle;
Elle suivra tes pas, et te sera fidelle:
Fais respecter sur mer la grande nation;
Pars pour humilier l'orgueilleuse Albion.
 Hommes, femmes, enfans, ont le même langage:
LA FRANCE A DANS SON SEIN UN NOUVEAU SCIPION.
DÉTRUISONS, DÉTRUISONS LA NOUVELLE CAR-
    THAGE!
Tu peux toujours compter sur nos fiers bataillons.
  Le dur chêne en courbes se ploie:
Le pin devient un mât; la voile se déploie:
  Parle, ordonne; que Plimouth voie
Dans son port assiégé flotter nos pavillons;
  Et de la Tamise effrayée
Anéantis bientôt l'audace foudroyée.
De nos châteaux aîlés que les flots soient couverts.
Le Dieu de l'Océan veut te voir sur ses plaines:
  Va, pars; romps les honteuses chaînes
  Que Londres étend sur les mers;

Et soumettant les vents et l'onde,
Habile négociateur,
Sois l'ange pacificateur,
Et le grand bienfaiteur du monde.

LE CHOEUR GÉNÉRAL.

Il est l'un et l'autre déjà.

UN SOLDAT.

C'est son courage altier qui nous encouragea.

UN VILLAGEOIS.

Nos enfans vont rentrer au sein de leurs familles.

UNE VILLAGEOISE.

Nous pourrons marier nos filles :
Ce sont de bons époux, que les braves soldats!

UN AGRICULTEUR.

Cérès, pour ses travaux, retrouvera des bras;
De Bellonne et de Mars les lances, les épées,
En socs fertiles retrempées,
Nous bénirons le ciel, tous libres de nos fers :
Dans nos champs cultivés renaîtra l'abondance.

UN MANUFACTURIER.

Et le peuple héros, la gloire de la France,
Bientôt repeuplera nos ateliers déserts.

UN COMMERÇANT.

Reviens, Dieu du Commerce, en nos belles contrées;
Viens de la Paix, ta sœur, recueillir les doux fruits ;
Et que sous tes aîles sacrées,
Les nefs aux vents ne soient livrées,
Que pour semer par-tout les biens que tu produis.

UN PHILOSOPHE.

Dieu, que le front de la jeunesse,
De deuil ne soit plus obscurci!
Et donne à la sage vieillesse
Une postérité nombreuse et sage aussi.
C'est sous le bouclier des mœurs, de la sagesse,
Que l'homme est seulement heureux.
Qu'il s'aime dans autrui, qu'il verse sa richesse,
Même son nécessaire, au sein des malheureux;
C'est un si doux plaisir que d'être généreux!

UN SAVANT.

De la Paix les mœurs sont amies:
La guerre les détruit; la Paix les fait chérir.
C'est dans la Paix qu'on voit fleurir
Les sciences, les arts et les académies.

UN MUSICIEN.

Et nous, par des concerts, dans cet aimable jour,
De la Paix consolante annonçons le retour;
Que la lyre de Thimothée
Joigne ses sons divins aux accens de Tyrtée!

UN ARTISTE.

Bonaparté n'a fixé ses regards
Sur ces beaux trésors du génie,
Dont jadis les Neuf Sœurs douèrent l'Italie;
N'a recueilli la dépouille des arts,
Que pour en enrichir sa nouvelle patrie.

Ces mêmes arts reconnaissans,
Prolongeront pour lui la mesure des ans.
Le marbre de Paros et la toile respirent:
Jusqu'aux siècles derniers ils transmettront les traits
De ce jeune héros, et sur-tout ses hauts faits.

LE POÈTE.

Poëtes, mes rivaux, que les muses inspirent,
    Que d'enthousiasme enivrés,
    Vos premiers vers soient consacrés
Au héros qui vous aime, et qu'Apollon protège.
Augmentez, s'il se peut, son illustre renom :
    Que nos enfans, dès le collège,
Avec respect, amour, redisent son grand nom.
Il a fait honorer le berceau de Virgile ;
Que d'un autre Virgile il soit un jour chanté.
Cet honneur te regarde, et ne peut, ô de Lille!
    T'être justement disputé.
    Tandis que, pour cet autre Achille,
Tu chanteras des vers dignes de ce héros ;
    Nous, sans prendre un aussi haut style,
Nous ferons, dans nos chants, répéter aux échos
Les exploits du soldat, de l'officier habile,
Invincibles tous deux, maîtrisant le destin,
Triomphant, à-la-fois, de la soif, de la faim ;
Malgré mille dangers, constamment intrépides,
Et, par nécessité, de vengeances avides,
    Des Vénitiens abusés,
    Et des Génois, trompeurs rusés,
    Punissant les complots perfides.

O lion de Saint-Marc ! crains leur guerrière ardeur.
Oh ! que de bûchers funéraires !
Que de pleurs douloureux coulent des yeux des mères !
Oh ! que d'outrages faits à la jeune pudeur !
Voyez les sabres sanguinaires
Levés sur les enfans, palpitans de terreur ;
Les soldats dans le sang se baignant sans horreur.....

UN SOLDAT.

Ah ! nous avons vengé nos braves camarades
Egorgés, mourans ou malades,
Qui, se flattant encor de triomphes nouveaux,
Souffraient d'être inactifs, bien plus que de leurs
maux.

UN AUTRE SOLDAT.

Les traîtres sont punis ; il n'est plus de rebelles ;
Pour la Paix, à présent, nous formons tous des vœux :
Français, en devenant heureux,
Oublions nos haines cruelles ;
Oublions le passé ; soyons grands, généreux :
Enfans de la patrie, armés pour sa défense,
Ne faisons plus qu'une famille immense.

UN AUTRE SOLDAT.

Contre les Germains effrayés
Ne tonnent plus les foudres de la guerre :
Saint-Pierre et Saint-Janvier, si superbes naguère,
Ont demandé la Paix, prosternés à nos piés.

UNE JEUNE FILLE.

Couronnons les vainqueurs; ornons, parons leurs têtes
De roses et de myrthe. Aux branches de laurier,
    Joignons celles de l'olivier ;
    Que la Paix ramène des fêtes.

LE POETE.

Compagnons de Bonaparté,
O vous ses amis et ses frères !
Ces couronnes vous seront chères :
De la valeur c'est le prix mérité,
Et vous le recevez des mains de la beauté.

(Les jeunes filles couronnent les soldats de toutes
    les armes, et puis elle chantent en chœur) :

De la valeur recevez la couronne;
    Nous la déposons sur vos fronts :
Elle devient pour vous le plus riche des dons ;
    C'est la France qui vous la donne.
Elle sait, et connaît tout ce qu'elle vous doit.

CHŒUR DE SOLDATS.

Flatteuse et douce récompense !
La plus vive reconnaissance
Et s'en honore et la reçoit.
O couronne immortelle ! ô triomphe civique !
Vive la liberté ! vive la république !

UN SAGE.

Jeune et sage héros, modèle des guerriers,
La gloire des Français, tout couvert de lauriers,
Redoute encor lafoudre. O grand vainqueur d'Arcole!
La roche Tarpéienne est près du Capitole.

ÉPILOGUE.

LE POETE.

O soleil ! qui du haut des airs
Contemples, étonné, notre vaste puissance,
Puisses-tu, dans tout l'univers,
N'éclairer aucun peuple aussi grand que la France,
Plus sage et vertueux, plus sensible à l'honneur,
Et plus digne, en un mot, d'un éternel bonheur !

(Les guerriers, les jeunes filles, et générale-
ment tous les interlocuteurs du Dialogue, se
mettent à chanter et à danser sur les airs du
divertissement qui suit):

LE POETE CHANTE.

Le ciel ne lance plus sa foudre étincelante;
La gloire quitte enfin son écharpe sanglante.
De la divine Paix, pour nous le jour a lui ;
Du dieu Mars, sur la terre, ont cessé les désastres;
Les devins aujourd'hui
Ne lisent plus de malheurs dans les astres.
Déjà nous voyons le souris
Sur les lèvres des tendres mères ;

L'espoir

L'espoir renaît dans le cœur des bergères ;
Il brille en leurs yeux attendris.
L'infortune déjà conçoit quelqu'espérance,
Et lève au ciel ses bras reconnaissans.
O Paix ! quelle est donc ta puissance !
Que tes charmes sont ravissans !
Salut, jour de bonheur ! jour si cher à la France !
O mes concitoyens ! bons, généreux Français,
Quels sentimens de haine, de vengeance,
Resteraient dans nos cœurs, survivraient à la Paix !
Les sciences, les arts vont enfin reparaître.
Qu'ils soient brûlés, anéantis,
Les étendards de tous partis,
Au pied de l'olivier qu'un héros a fait naître :
Nommons-le ; c'est Bonaparté,
L'amant de la Victoire et de la Liberté.
Il a vaincu les rois ; il n'a point voulu l'être :
Il ne veut point de maître.
La Paix, adoucissant les plus féroces cœurs,
Nous dit que les vaincus sont frères des vainqueurs.
Tout Français, né guerrier, vaillant, mais sans
audace,
Attaque l'ennemi, le combat, le terrasse ;
Lui pardonne aussi-tôt, le relève et l'embrasse.
Pour nos concitoyens, nos frères, nos amis,
Ferons-nous moins que pour nos ennemis ?
Quand des nations étrangères
Nous triomphons en ce beau jour,
Songeons que nous sommes tous frères,
Et que la Paix est de retour.

B

S'il est beau, s'il est grand de forcer des murailles,
Et d'imposer des lois aux bataillons soumis,
Il est flatteur et doux d'obtenir des amis :
Gagnons, gagnons des cœurs plutôt que des batailles.

CHŒUR GÉNÉRAL.

De l'amitié sincère et du plus tendre amour,
Que la Paix aujourd'hui soit l'assuré retour :
Perdons le souvenir de nos larmes amères :
Soyons unis comme sœurs, comme frères.

UNE JEUNE FILLE.

Dansons, chantons pour célébrer la Paix ;
Commençons à jouir de ses nombreux bienfaits.

CHŒUR GÉNÉRAL.

Dansons, chantons, etc.

UN SOLDAT A SES CAMARADES.

Soldats, dans ces paisibles fêtes,
Faisons encore des conquêtes :
Sans quartier, rendons-nous vainqueurs
De tous les insensibles cœurs.

(En s'adressant aux jeunes filles qui viennent
de couronner les guerriers.)

Nous enchaînerons nos conquêtes,
Mais avec des chaînes de fleurs.

LE POÈTE.

Du grand Bonaparté quelle est l'illustre gloire !
Le bonheur des humains, le prix de ses succès,
Est le seul qu'il desire et veut de la Victoire :
Si nous sommes heureux, ses vœux sont satisfaits.
Comme il est affligé des plus profonds regrets,
Quand il se voit forcé de lancer le tonnerre !
Si César doit sa gloire au malheur de la guerre,
Auguste doit la sienne au bonheur de la Paix.

UNE JEUNE FILLE.

Paix, bienheureuse Paix !
Oh ! que douce est ta jouissance !
Ne nous quitte jamais ;
Etablis désormais
Ton éternel séjour en France.
Oh ! que douce est ta jouissance,
Paix, bienheureuse Paix !
Sans toi, le plus grand bien est un bien inutile.
Au village, comme à la ville,
Tous les plaisirs, sans toi, sont imparfaits.

UN SOLDAT.

La gloire est belle !
Elle répand sur nous sa splendeur immortelle.

UNE JEUNE FILLE.

Cependant, nous craignons toujours
Qu'elle ne vous rappelle.

2

La gloire est belle !
Mais il faut sans cesse pour elle
Risquer vos jours :
Qu'elle est cruelle !

CHŒUR DE JEUNES FILLES.

Que la Paix
A d'attraits !
Non, la gloire n'est pas si belle.

UNE AUTRE JEUNE FILLE.

Le doux langage des Amours,
Et les chansons de nos poëtes,
Valent bien le bruit des tambours
Et des trompettes.

LE POETE.

Orne tes temples de guirlandes,
Et ne te livre plus, Cérès, à tes douleurs :
Ta sœur, sensible à nos offrandes,
La Paix, vient essuyer tes pleurs.
Triptolême accompagne
Son char triomphateur,
Et son soc régénérateur
Va d'épis couvrir la campagne.
Arrêtant du dieu Mars les combats meurtriers,
La sublime valeur et la prudence active
Vont faire sur nos verts lauriers
Mûrir l'olive.

UN LABOUREUR.

Accourez, accourez, ô généreux enfans !
Nous vous devons la Paix en France revenue :
De vos nombreux lauriers couronnez la charrue.

LE POETE.

Cérès qui protège nos champs,
Fiers d'être cultivés par des bras triomphans,
Cérès, à nos cris accourue,
Etend sur les guérets sa chevelure d'or ;
L'ardeur du brûlant Thermidor,
Au desir des buveurs incessamment accrue,
Sous le pampre mûrit un liquide trésor.

UN LABOUREUR.

De tous tems nos humbles chaumières
Ont été des héros les sûres pépinières.

LES PÈRES ET MÈRES VILLAGEOIS.

L'écho de nos retraites
Rappelait nos jeunes garçons.

LES FILLES DU VILLAGE.

De guerre et d'amourettes
Ils nous apprendront des chansons.

3

UN ARTISTE.

Les roses ne fleurissent
Qu'aux beaux jours du printems :
De leur superbe éclat les arts ne resplendissent
Qu'aux beaux jours où la Paix prodigue ses présens.

UN SOLDAT.

A déposer leurs homicides armes
Bonaparté contraint les rois.

UNE JEUNE FILLE.

L'heureuse Paix qui finit nos alarmes,
Nous la devons à vos exploits.

UNE AUTRE JEUNE FILLE.

Vivent les guerriers de France !
Invincible est leur vaillance.
Le nom de leur général
De la Paix est le signal.

CHŒUR GÉNÉRAL.

Vivent les guerriers de France ! etc.

UN SOLDAT A UNE JEUNE FILLE.

Près du beau sexe peu timide ,
Je ne crains jamais un rival :
Je suis en guerre, en amour intrépide ,
Comme un héros, comme mon général.

UN ARTISTE.

Reine des villes de la terre,
Rome jadis, qui des peuples vaincus
    Recevait les nombreux tributs,
Est de la France aujourd'hui tributaire.
        Pleine d'admiration
        Pour la grande nation,
Et devant elle abaissant son génie,
    Et lui prodiguant ses respects,
Elle a, pour sa rançon, offert de l'Italie
Les chefs-d'œuvres nouveaux et ceux des anciens
            Grecs.
    France! comme en ton sein abonde
Ce que de précieux renferme l'univers!
Paris, qu'on le redise en prose comme en vers,
    Paris est la reine du monde;
    Et cette reine est sans seconde
            Dans l'univers.

UN COMMERÇANT.

Grâce à Bonaparté, l'industrieux commerce
    Va rétablir ses comptoirs, ses bureaux;
Je vais expédier des facteurs pour la Perse,
    Et pour la Chine des vaisseaux.

UN SOLDAT.

Soldats des rois, ne pouvant vous convaincre,
    Nous vous avons vaincus :

Il ne nous reste plus
Qu'un peuple à vaincre.
Les soldats de la Liberté,
Commandés par Bonaparté,
Armés du glaive et du tonnerre,
Seront dans peu maîtres de l'Angleterre.
Et dans Londres je prétends, moi,
Chanter à pleine gorge:
GEORGE, GEORGE,
Sois libre et citoyen; c'est plus que d'être roi.

CHŒUR DES SOLDATS.

Et dans Londres je, etc.

UN AUTRE SOLDAT.

Oh! quel diable à quatre,
Que Bonaparté,
Quand il faut combattre
Pour la Liberté!
Au combat d'Arcole
Qu'il fut grand et fier!
Il fit trembler François, Naple et le Capitole,
De la défaite de Wurmser.
Mantoue ouvre ses portes
A nos fières cohortes;
Et de la Victoire escortés,
Bravant les forces autrichiennes,
Joyeux, nous marchions droit à Viennes,
Et menacions déjà ses murs épouvantés.

Je comptais bien , pour venger ma patrie ,
   Et nos raisins , (1)
   M'enivrant des bons vins
   De la Hongrie ,
   Vider , de Malvoisie ,
   Des tonneaux pleins.

UN SOLDAT.

Nos ennemis disaient dans leur haute démence :
Mettons dans le tombeau l'Hercule de la France !
Mais ce nouvel Alcide a vaincu les brigands ,
Les Scyrrons , les Sinnis , l'Hydre et tous les tyrans.

UN AUTRE SOLDAT,

Les cités, à son ordre , ouvraient soudain leurs portes,
Il est sorti vainqueur de dix combats fameux :
Mais les cœurs des Français sont des places plus fortes,
Et , qui les a gagnés , peut tout vaincre avec eux.

UN AUTRE SOLDAT. (2)

De l'univers entier nous ferons la conquête ;
Et , l'univers soumis , pour nous quel jour de fête !

---

(1) Dans la campagne de 1792 , les Prussiens se gorgèrent des raisins de la Champagne. Il n'y eut point de vendanges cette année dans tous les lieux qui furent occupés par les ennemis.

(2) Les deux couplets suivans ont été ajoutés dans cette seconde édition. En qualité de poëte (VATÈS) , j'aurais pû très-naturellement les faire à l'époque du 3 brumaire an 6 ; mais je ne sais pourquoi je ne m'en avisai pas : ce fut une distraction.

Dans les champs d'Osiris les Mamelouks défaits,
Du combat d'Aboukir l'incroyable succès ,
Sur nos succès encor ne laissent plus de doute ;
Oui , même des enfers nous nous frayrons la route,
 Commandés par Bonaparté :
Anglais , ton léopard sera bientôt dompté.

UN AUTRE SOLDAT.

Laski , dont la valeur paraissait sans seconde ;
Et Bender , et Beaulieu , vainqueur de Trébisonde ;
Wurmser, l'Hector de Vienne , et le fier Alvinzi ,
Le vieux Hohenloën , le prince Charles aussi ;
Et cet homme du Nord , Souvarow le tartare ,
Moins guerrier, qu'assassin échappé du Tartare ;
Mélas et Krai , héros des braves reconnus ,
Ces Mars , par les Français ont tous été vaincus.

LE POETE (s'adressant à Dieu.)

Dieu de bonté perpétuelle , immense ,
 Fais toujours présent à la France
De sages gouvernans , de sensibles héros !
Que les plus pures mœurs parent l'adolescence ;
 A la vieillesse accorde un doux repos.
 Soumis aux lois de la nature ,
 Nous ne pouvons vivre toujours :
Puisque de notre vie elle a borné le cours ,
 Sans plainte ni murmure ,
Profitons des plaisirs que la Paix nous assure ;
 Consacrons-leur des momens aussi courts.

Que l'Olympe, le Pinde assiste à notre gloire!
Et redisons avec la vérité:
Le fils aîné de la Victoire,
C'est le jeune Bonaparté.
On ne peut comparer son sublime héroïsme
Qu'à son patriotisme.
Tous ensemble chantons;
Ensemble répétons,
Dans notre ardeur civique:
Vive la Liberté!
Vive la République!
Vive Bonaparté!

CHOEUR GÉNÉRAL.

Nous, vainqueurs et Français, pleins de son héroïsme,
De son patriotisme,
Tous ensemble chantons,
Ensemble répétons,
Dans notre ardeur civique:
Vive la Liberté!
Vive la république!
Vive Bonaparté!

FIN.

N. B. Il n'a été tiré de ce dialogue que vingt-cinq exemplaires, dont deux sur papier vélin, le même qui a servi pour imprimer le Racine grand in-folio, par P. Didot l'aîné. Il y a aussi un exemplaire tiré sur vélin d'Allemagne pour la bibliothèque de l'Auteur.